S0-BIH-346

BIBLIOTHÈQUE LA NATION
SUCC. ST-ALBERT

Des bisous plein les poches

Audrey Penn

Illustrations de Barbara Leonard Gibson

Texte français d'Isabelle Allard

Éditions
SCHOLASTIC

Catalogage avant publication de Bibliothèque et Archives Canada

Penn, Audrey, 1947-
Des bisous plein les poches / Audrey Penn;
illustrations de Barbara Leonard Gibson;
texte français d'Isabelle Allard.

Traduction de : A pocket full of kisses.
Public cible : Pour les 3-8 ans.
ISBN 978-0-545-99114-8

I. Gibson, Barbara Leonard II. Allard, Isabelle III. Titre.

PZ23.P45Bis 2008   j813'.54   C2008-901304-2

Copyright © Audrey Penn, 2004, pour le texte.
Copyright © Barbara Leonard Gibson, 2004, pour les illustrations.
Copyright © Éditions Scholastic, 2008, pour le texte français.
Tous droits réservés.

Il est interdit de reproduire, d'enregistrer ou de diffuser, en tout ou en partie, le présent ouvrage par
quelque procédé que ce soit, électronique, mécanique, photographique, sonore, magnétique ou autre,
sans avoir obtenu au préalable l'autorisation écrite de l'éditeur. Pour toute information concernant
les droits, s'adresser à Tanglewood Press, 688 Hollowbrook Court, Terre Haute, IN 43803, É.-U.

Édition publiée par les Éditions Scholastic, 604, rue King Ouest, Toronto (Ontario) M5V 1E1.

5 4 3 2 1   Imprimé au Canada   08 09 10 11 12

Pour mes petits chéris,
Matthew, Ryan, Daniella et Rebecca.
— A.P.

Pour mon père
et ses petits-enfants,
Caitlin et Evan.
— B.L.G.

Antonin, le petit raton laveur, s'assoit au creux d'une souche et fait la moue.

— S'il te plaît, est-ce qu'on peut le rendre, maman? demande-t-il. Je serai très, *très* sage s'il s'en va.

Sa maman lui sourit tendrement.

— Tu es déjà très, très sage, Antonin.
Mais que tu sois sage ou non, on ne peut
pas le rendre. En plus, je croyais que tu
aimais avoir un petit frère.

— J'aimais ça au début, admet Antonin. Mais maintenant, il joue avec mes jouets, il lit mes livres et il se balance sur ma balançoire. Et puis, il me tire la queue, il parle à mes amis et il me suit partout!

BIBLIOTHÈQUE LA NATION
SUCC. ST-ALBERT

Sa maman le prend sur ses genoux
et caresse la fourrure sur son front plissé.

— C'est ce que font les petits frères,
explique-t-elle gentiment. C'est la même
chose que partager la forêt, le ruisseau et
la nourriture. Samuel veut simplement
faire comme toi.

Elle dépose Antonin par terre et lui sourit
avec un regard tendre et affectueux.

— Je pense que quelqu'un a besoin d'un bisou
secret, dit-elle d'une voix douce et réconfortante.

Elle prend la patte d'Antonin et écarte ses
petits doigts. Elle se penche et dépose un bisou
au creux de sa main.

Antonin sent le baiser s'envoler, remonter le long
de son bras et aller se blottir au fond de son cœur.
Il pose sa main sur sa joue, et sa tête s'emplit de
petits mots doux : « Maman t'aime, maman t'aime… »

Antonin sourit. Son masque noir et soyeux se relève de chaque côté de ses joues qui deviennent roses comme des primevères. Il est le raton laveur le plus heureux de la forêt!

Mais l'instant d'après, sa joie disparaît. Ses joues roses pâlissent et de minuscules larmes chaudes ruissellent comme une ondée printanière sur sa face attristée.

Et son masque soyeux s'affaisse lorsqu'il voit sa maman se pencher sur la patte de Samuel, écarter les petits doigts et déposer un bisou au creux de la main de son petit frère.

— C'était *mon* bisou secret! proteste
Antonin. Pourquoi lui as-tu donné *mon*
bisou secret? Tu ne m'aimes plus?

Sa maman ne l'a jamais vu aussi
triste.

— Voyons, Antonin! s'écrie-t-elle.
Bien sûr que je t'aime!

— Alors, pourquoi donnes-tu *mon*
bisou secret à Samuel? demande-t-il.

BIBLIOTHÈQUE LA NATION
SUCC. ST-ALBERT

Elle prend alors Antonin dans ses bras et lui fait un gros câlin.

— Je ne donnerai jamais ton bisou secret à Samuel, dit-elle gentiment. Celui-là, c'était son bisou secret. Maintenant, vous en avez chacun un.

Antonin essuie ses larmes
et se blottit contre sa maman.

— Si tu nous donnes à chacun un
bisou secret, tu ne vas pas en manquer?

Elle éclate de rire.

— Veux-tu que je te raconte une histoire? demande-t-elle.

— Une histoire de bisous?

— Une histoire d'étoiles.

« Chaque soir, avant de se coucher, le soleil étend ses rayons jusqu'à toucher chacune des étoiles de l'univers. Une à une, les étoiles s'illuminent et rayonnent jusqu'à nous. Même les nuits où l'on ne peut pas les voir, les étoiles scintillent là-haut. Peu importe le nombre d'étoiles, le soleil ne manquera jamais de lumière et ses rayons les atteindront toujours. »

C'est la même chose pour les bisous secrets. Quand on aime une personne, nos bisous sont comme les rayons du soleil, toujours présents, toujours réconfortants. Peu importe le nombre de bisous que je vous donne, à toi et à Samuel, je n'en manquerai jamais, *jamais*.

Par contre, je dois reconnaître une chose.

Les yeux d'Antonin s'agrandissent de surprise.

— Laquelle?

— Tu es un grand frère, et cela mérite quelque chose de particulier.

Elle dépose Samuel sur la
balançoire, puis prend la patte
droite d'Antonin dans la sienne.
Elle écarte ses petits doigts, se
penche et dépose un bisou au
creux de sa main.

— Garde ce bisou dans ta poche, lui dit-
elle. Prends-en bien soin et garde-le en
réserve. On ne sait jamais quand un grand
frère a besoin de bisous supplémentaires.

Antonin fait un câlin à sa maman et
s'éloigne d'un pas léger. Il semble dire :
— Moi aussi, je t'aime!